明
室
Lucida

照 亮 阅 读 的 人

万岁·家园

昔酒

著绘

北京联合出版公司
Beijing United Publishing Co.,Ltd.

目　录

01

幻想曲

小枝和爸爸出门的时候，雨滴已经快要落下来了。

"爸爸，今天下午你会来学校接我吗？"

"今天应该会的！"

"下雨的话就必须来哦。"

小枝有两个好朋友。一个叫爱真，是小枝最喜欢、最羡慕的人。

另一个叫斯民。他应该是学校里最不听话的小孩，从来不好好念书。

不过，也不怪他，毕竟天天都要背这样的课文：

我的家乡

我的家乡是清晨的朝露
鲜花遍野，欢声处处
我们在这儿生活和成长
我们幸福，我们歌唱：
黄是土地蓬勃，蓝是晴空无际
绿是四季青春，红是情怀热烈
我们要爱家乡
爱它永远，也爱它变幻……

小枝悄悄地想，真是这样吗？

爱真写了一首美妙的歌曲，到时候要在新年联欢会上表演的。

放学之后他们就一起排练。小枝尤其努力，可学不了几分钟，爱真就会被
老师叫走。不仅如此，有时正在上课她也会突然离开。

听说爱真回家之后还有好多事要忙。她妈妈要教她唱歌、弹琴，甚至要教怎么坐、怎么吃饭、怎么眨眼、怎么微笑。

人人都知道爱真害怕妈妈，就好像害怕传说中吃小孩的雷婆一样。

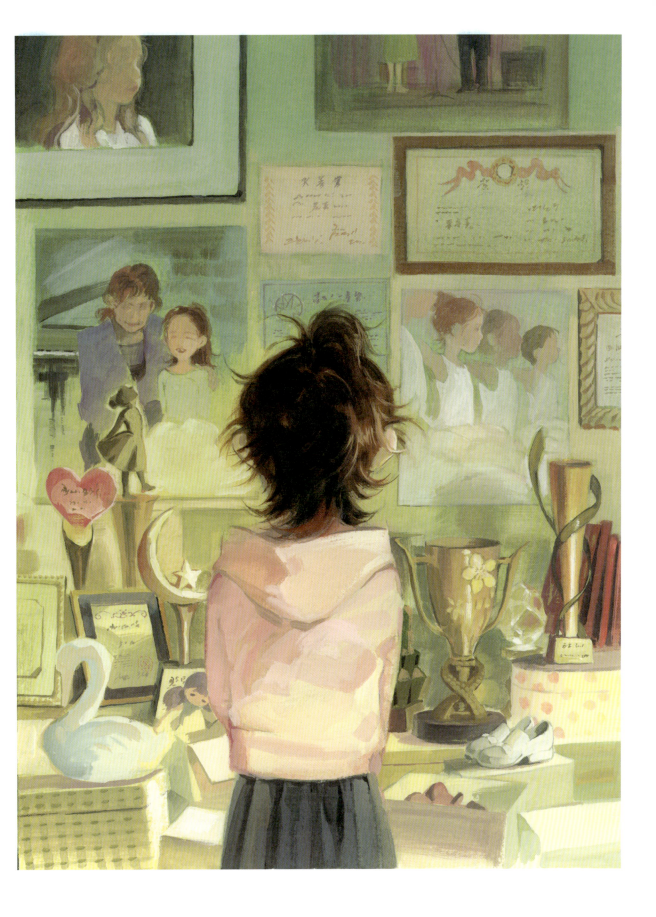

而斯民什么也不怕,他胆子最大了。

他常常带上几个好奇的小孩,到各种废墟里去探险,大呼小叫地说找到了宝物。

在漫山公园里荒废的花坛上，他又发现了不寻常的东西。

他大叫道："神的遗迹！"

小枝对着地面看了半天，没懂他说的是什么。斯民说：

"这都看不到？神龙曾在这里。只是我们来晚了……"

小孩们嘘声不断，后来再也没有人跟他来探险了。

小枝倒是觉得挺有意思。她记下这些事情，睡不着的时候就把它们讲给妈妈听。

每天送完小枝，文劳再去乘班车。

在车上总会遇到河农，他是工地上最有资历的人。他对
任何事情都感到不满，今早又淋了雨，更显得不高兴。

工地在中心区的北边。班车穿过城市，开进乡间的小路。行进了一会儿，
工人们感觉前方似乎有些异样。

"大发现，大发现！"

原来是一群村民把路拦了起来，他们认为有未曾记载的怪兽在此出没，想
要保留痕迹，上报给彩袖团。

河农为此感到愤怒。他说："乡巴佬能有什么大发现？我们工人都赶着去建设，而你们堵在这儿跟我扯神神鬼鬼，全都疯啦！难怪朝露变成这样！难怪朝露变成这样！"

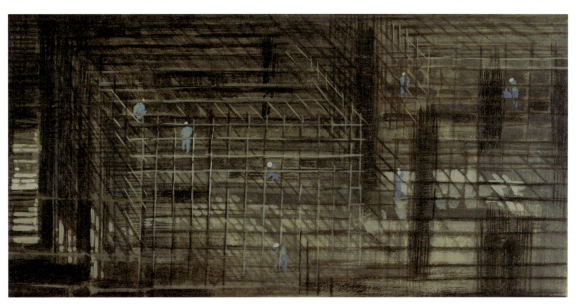

新来的工人们总问河农工地在建些什么，什么时候能建好。他们还想偷瞄河农手上的那一沓图纸似的东西，但河农遮遮掩掩，不给他们看。

听说这儿将要矗立起朝露最宏伟的高塔。不过，也只是传闻而已。

彩袖团作为朝露的领袖团体，本应该对这么大的工程有明确的计划，可他们拉帮结伙、相互猜疑，没办法确定听谁的。

河农私下跟文劳说："真有高塔这回事！"随即又说，"但如果相信彩袖团，便办不成！"

阿玲老师准备回家的时候已经很晚了。她匆匆收拾东西——课本、作业，还有一封信。她早上从门卫室拿到这封信，一整天都没拆开看。唉，除了那个人，还有谁会寄信？

路过公园的时候，她总感觉树丛里塞塞窣窣的，仿佛有人。

阿玲不记得当时具体发生了什么，但她感觉有些害怕，于是去报了案。过了几天，有两名警卫到学校来找她，说抓到了一个可疑的家伙。

他们带着阿玲去了一个很远的地方，说是朝露的监狱。

这栋建筑周围没有大路，只有一些通向附近村庄的小道。油漆的崭新气味和灰土的老旧气味混杂着，一切都像是在过去某个时候匆匆设立的。

更古怪的是，地面似乎不时轻轻震动，还隐隐有沉闷的敲击声。

那人就被关在走廊尽头。

"你报案之后，我们到现场去勘查，只发现了一些树枝和一件装饰品。后来沿着脚印，找到了这个人。"

"肯定不是朝露人。他当时在公园里，似乎打算搭个棚子住下。"

"他饿极了，一直吃东西，低声吼叫，却不能说话。"

"你人没受伤，东西也没少，至少不是抢劫什么的。他多么可怜呀！要不这样办：在你们学校给他安排个工作，学学说话，那样我们就可以把事情问清楚了。"

阿玲听了难以置信。可警卫们好说歹说，终于让她签了一些不知道是什么
的同意书，再将她送回去。

这样的事情太多了。流浪汉，拾荒者，谁撞上的就给谁送去。有问题的话，
出了问题再说。

那监狱的侧边，有一扇锁住的小门。有传言，地下曾出产奇异土壤，因此挖了个大洞，挖着挖着，发现了鬼，而新建的楼房就是用来压住洞口，镇住鬼的。当然，更多人相信那儿不仅有鬼，更有值钱的东西，有许多人仍在开采。

这儿唯独一个叫石绵的人可以进出。

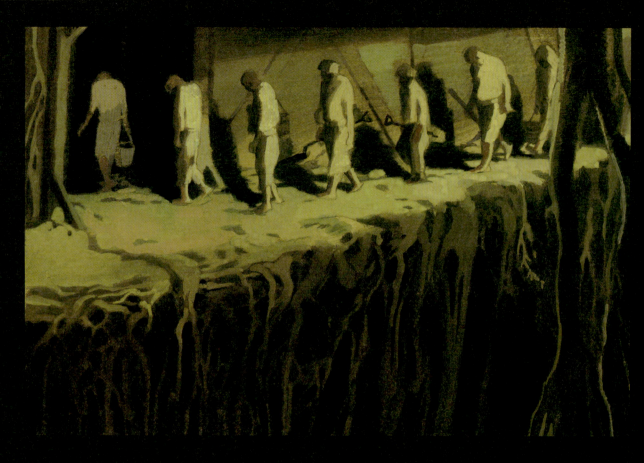

每日检查完工作进度，她便召集所有人，向他们发问。

"你们在这儿，工作多久了？你们来这儿，是为了做什么？"

沉默许久，才零星地有人说："我们不知道，我们忘记了。"

她对此毫不意外。

地狱无尽的幽暗之中，有传送轨道的隆隆滚动、阴风的啸叫和暗河的湍流
声，偶尔还有细微冰晶碎裂的轻响。劳工们将朝露地底下的黑白矿砂与泥
土混合制成砖块，沿着传送轨道运到地面上来。

石绵会安排把它们装进运输车，最终送到朝露北边的工地上。

阿玲：

你还记得有一次我们去河边捡的那些亮亮的东西吗？仓鸦叔叔曾告诉我，那是没有灵魂、没有主人的"鬼晶"。差不多也是那时候，师父失去消息了。

近来我突发奇想，把那些鬼晶都找出来，想试试还能不能重新利用它们。我把晶体磨成细小的颗粒，调成膏状，画出一些小小的画面——你猜怎么样？虽然大部分画面都即刻消散了，但其中有一两幅多停留了几秒，仿佛变成了一瞬间陌生的、似乎拥有活性而微微颤动的记忆。

到底为什么会失败，为什么会成功，一切都还是疑问，不过多少有了一点希望。整个过程美极了，将来有机会，一定要叫你看看。阿玲呀，我总是回想过去，却总是越想越迷茫，越想越不真切。我最近画了很多很多东西，也想画下记忆里的你，可总也画不好。你说，是不是越熟悉的事物，对我们来说就越难以寻找细节呢？

你呢？你还好吗？

藏衣

藏衣不是普通的画家，他所作的是彼岸绘画。

时常有人带着一副小陶盒和一张旧照片来，委托他依此作画。但具体的作画过程只有画家自己知道，委托人是看不见也摸不着的。

藏衣为了打消他们的疑虑，每次都从头介绍彼岸绘画。

"如您所见，每个人的记忆都会凝聚出一簇透明易碎的物质，上面像火舌般缠绕的则是人的灵魂。生命躯体终将回归自然循环，但记忆和灵魂却能留存下来，成为这轮生命无可替代的证据。"

"从古至今，人们用小陶盒收藏记忆和灵魂，再请画家为它们摆渡。"

"人死之后，记忆与灵魂失去了作为桥梁的躯体，变得互不相识。彼岸画家所能做的，是把记忆晶体研磨、分类，再通过特殊的调和将它作为颜料的一部分，然后画出完整的、真实的记忆片段。"

"只要一幅就够了。画下的片段将会像播种一般，最终长成记忆的全貌，让灵魂在彼岸与记忆再次相连。这也是照片的用途——如果画下的记忆与它的所有者无关，那就不能与所有者的灵魂产生任何联系。"

只有极少数的人相信彼岸真正存在，相信每个记忆和灵魂都必须相连。只有这样的人才能成为彼岸画家。

02

倒影

花园故乡小学发生了大事件!

学校里来了一个怪物！有人说他是来上学的，也有人说他是来打扫卫生的。

一个孩子翻出自然课本，大叫道："这是野人！"

"野人！野人！"孩子们开心起来，扯他的头发，摸他茸茸的胳膊。

阿玲对这件事担心且无奈。头几天还有个警卫在学校装模作样地看守，后来也不见人影了。好在野人在学校并没伤过人，每天还会完成一些杂务。

而斯民兴奋得不得了，他四处打听有关野人的消息。他说："他一定是个探险家，我们要跟他做朋友！"

小枝担心地问："那他会攻击我们吗？"

"他不一定打得过我们！而且，他是善良的。"

"你怎么知道呢？他又不会讲话。"

"让我们来教他讲话！"斯民沉入快乐的幻想，"他很快就能学会，然后很感激我们，将一件神秘的宝物送给我们……"

谁信斯民的鬼话！女孩们大笑着说，我们才不跟你一起。

"不指望你们！你们不是都急着回家当乖宝宝吗！"他阴阳怪气地说，"你们俩一个妈妈管，一个爸爸管！"

这话终于让爱真和小枝都生气了。

那一天放学，爱真拉着小枝，说要带她去家里玩。这让小枝感到非常意外，又特别高兴。

爱真的家在她妈妈开的店铺里面。

"妈妈，这是小枝。她爸爸晚上也加班，可以留她在家里吃饭吗？"

"怎么没早说？你作业做完了吗？今天还有什么没练？"

"你妈妈是不是不喜欢我来玩啊？"

"没有！她就是这样的。她是经常凶我，不过她对我还是很好的。"

"爱真，你以后会是歌唱家吗？"

"我想当音乐老师，舞蹈老师也可以！"

"在花园故乡小学吗？"

"当然不会，我将来要去遥海。"

"那是在朝露的东方，海的另一边。妈妈说那儿灯火通明，没有夜晚和贫穷，

每天都是节日，每个人都高兴。他们建了高高的水晶围墙，让住在里面的

人知道自己在遥海，让外面的人知道自己不在遥海。"

女孩们讨论起那梦想中的国度，都兴奋不已。小枝已经有些饿了，拿了饼干吃，却一下子就硌到牙了。

"饼干太硬就别吃啦！饭好像快好了，我们下去吧！"

爱真的话让小枝很在意。她是要离开朝露吗？课文里不是说，我们要爱家乡吗？

小枝就去问爸爸。"爸爸，你爱朝露吗？"

"那肯定啊。朝露是我们的家乡。"

"那我们能离开它吗？去很远的地方，再也不回来。"
"当然也可以啊，家乡又不会把你关在这儿。"

"我在哪儿出生的呢？"
"当然是在医院里。"
"医院也是我的家乡吗？"
"那不算，整个朝露才是我们的家乡。"

"朝露虽然很小，却也有很多地方我从没去过，那些地方也是我的家乡吗？"

不，那不算。小枝想，只有我们的房间才是我的家乡。而且，我的脚步跨

进去了才算。

而嘴巴就是牙齿的家乡。牙齿牙齿，你就快要离开你的家乡。

那天，小枝又睡不着了。

"妈妈，爸爸把你的雨伞弄丢了。妈妈，爱真送我一个小玩偶。妈妈，学校里来了一个野人。妈妈，我又有一颗牙要掉了。"

"妈妈，你是我的家乡，对吗？"

七年前，文劳曾拿着这张照片去找过彼岸画家。

他拿出小陶盒与照片，但又犹豫不决。

他说："你能将照片上不存在的事物画进去吗？是这样的，我希望妻子在彼岸能够看见孩子已经长大，我们都在一起。"

"现在还做不到。不过你愿意的话，可以等。到那时候，你拿着这张照片，

尽管十分缓慢，鬼晶的研究如今已有进展。

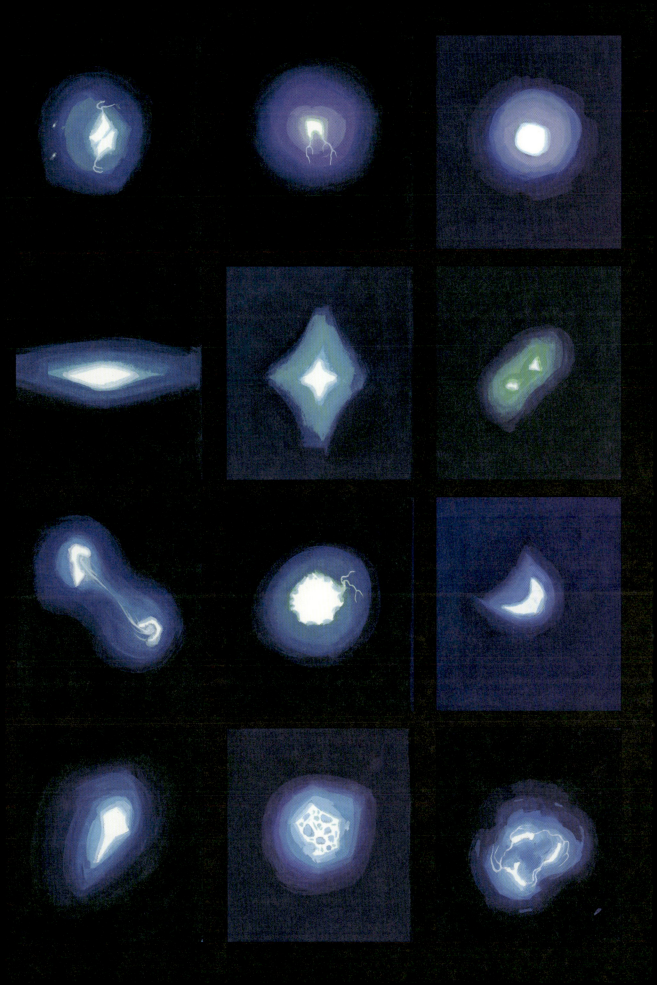

阿玲：

我重新筛选了鬼晶分离出的颗粒，将大小和形状不同的颗粒分组，模拟上次成功的那一组来进行连接。果然，成活的概率变高了，一小半的晶体组都产生了活性。这是重大的进展。记忆真是神秘莫测。我不得不去想，这些鬼晶来自哪里呢？它们必然曾属于一些人，是被抛弃的，还是被遗落的呢？无论如何，对画家来说，这是一种浪费。如果能把它们放进彼岸绘画，至少有机会实现另一些人的愿望。

计划如下：

第一步　将鬼晶分离成最小颗粒（已完成）。

第二步　找出一种正确的连接，以激活鬼晶的生命力，成为下一步的材料
　　　　（正在寻找规律）。

第三步　将成活的鬼晶融入记忆之晶。

接下来就容易了，和平时一样，我会把这些活跃的晶体作为颜料的一部分，进行彼岸绘画。区别在于，不一定要画照片里真实的一刻了……因为有鬼晶的加入，那无名的、多变的记忆，能令我完成虚构。最后，如果这虚构的情节像幼苗般生长成活，与原来的记忆互不排斥——那就成功了，很多事情都能改变。

阿玲，你怎么样呢？你那儿安全，安静吗？

藏衣

斯民感觉野人笨笨的，有点失望。

"这也太费劲了吧，你怎么不去爱真家里买一把电锯，滋一下就都锯完了！
怎么不让小枝的爸爸给你铸一个钢筋水泥的房子，大高塔！"

"他根本都不愿意理你！"女孩们说。

"嘘！他一定是因为一张嘴就会冒出秘密，所以必须保持沉默。"

"你。"

"给你！"

"他能讲话！"

"这不对啊，"小枝想了想，给野人纠正，"不是'你'，我给你的，你应该说'给我'。"

野人仿佛领会了。"我！"

"没错了！对了！"孩子们惊叫道。

"他学会了说'我'，简直是一大进步。"斯民高兴得手舞足蹈，"我们再多教一点！"

"叶子！"——"我。"

"书。"——"我。"

"树桩。"——"我。"

"石斧。"——"我。"

"天空。" —— "我。"

"时间……"
—— "我。"

"美丽的。" —— "我。"

"自由。" —— "我。"

爱真看见了血，却没感到痛，只是心里空了一下，周围的东西都变得像是幻觉。

小枝和斯民却吓坏了，带着她离开校园。

傍晚的学校空荡荡的，直到走出大门，才看到一个人路过。斯民急忙叫住
那人，请他带他们去医院。

当医生说让小枝去打电话叫家长来的时候，爱真才突然开始害怕。

"别打电话，别告诉妈妈……"

"怎么能不告诉妈妈呀。你放心！"小枝安慰过爱真，还是跑着去了。

医生查看了伤口，万幸并没有伤及眼球，但是眼睑附近的伤口有些深，要
缝几针，会很痛的。她这样问爱真："你是不是勇敢的小孩？"

"那当然！我们三个就是世上最勇敢的小孩。"斯民抢答道。医生护士们都笑了，爱真也点点头。

一会儿，小枝也回来了，爱真连忙坐了起来。可小枝说，爱真妈妈没说什么，只是让她早点回家练歌。

既然虚惊一场，三个孩子就在医院告别了。

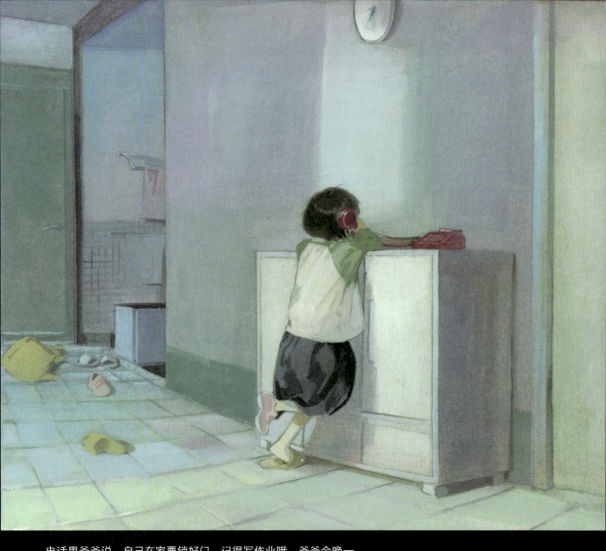

电话里爸爸说，自己在家要锁好门，记得写作业哦，爸爸会晚一

点回来，给你带好吃的怎么样？

小枝在矮柜上趴了许久，才起身去门口收拾书包和鞋子。

这时，她感觉厨房里面好像有炒菜的声音，灯也开着。

如果妈妈在的话，那就没什么奇怪的。

"妈妈，你现在住在哪儿呢？"

"我住在一个很小的地方。"

"比我的房间还小吗？"

啊……妈妈，我也是你的家乡。

03

奇闻之地

朝露有一个卖杂货的小贩，人人都认识他，不过没人知道他叫什么，从哪
儿来。他的货品质量平平，好在他的态度热情，吆喝也卖力：

"这种小人棋，遥海的小朋友都在玩！"
"这种帽子，在遥海都流行！"
"这种茶杯，遥海人都在用！"

遥海？那可太时尚啦！朝露的人们热火朝天地买了起来。

有一天，小贩正打盹的时候，听见一阵小狗的叫声。

小贩看看四周，没有找到它的主人。只发现背篓里有张纸条，写着：

买绳子和薄纸。纸条里还包着一点点钱。

小贩连连称奇，算好钱，给它拿好东西，但小狗却摆着尾巴，盯着那剩下的一只气球。

这小狗！小贩觉得有趣，摘下气球送给它。

"老葫芦，你这是带回了个什么东西！"

小狗葫芦对着气球又跳又叫。乡下女人则去收拾那些买回来的东西，绳子、薄纸，都没错，价格也不贵。这个老葫芦，居然没有在城里上当受骗哩。她一边想着，一边开始劈柴生火，打算烧饭。

夜深了，她一边劳作，一边哼唱歌谣。

天呀呀，黑黢黢
夜呀呀，黑黝黝
乌鸦鸦累了，睡在天上
乌溜溜眼珠，满天星
火呀呀，明晃晃
月呀呀，明灿灿
魂魄呀归来，无东无西
魂魄呀归来，无南北

我从那小径的小径而来
穿过那荒漠的荒漠
那里曾有金色的树林
和歌声朗朗的小溪

那里曾有炊烟：
青蛙筑水塘，山雀寻柴枝
蚜虫酿蜜露，老鼠修院门
新蚕造丝添衣裳
白兔铺窝好过冬
那里曾有我们的双手：
一双狩猎，一双耕种

而我远走他乡，不曾问路
路难走。不曾问时间
时间悠悠

魂魄呀归来，无东无西
魂魄呀归来，无南北
你要是活人呀，就踩个脚印
你要是魂灵呀，就吹吹树梢
……

在这世上，只有真正的光明才能驱散黑暗。光明，女人想，那便是太阳。

而如果要做一轮独属于自己的太阳，只是这样还不够。除了圆而轻的形象，

太阳还必须要照耀万物，那样才能发挥作用。

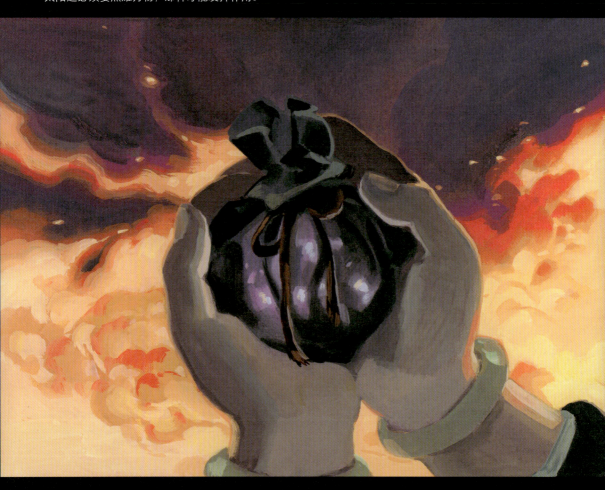

她打算亲自去问问那小贩。

听她说要明亮的东西，小贩立即拿出了所有能发光的物品。乡下女人挨个

细看，问道："这里面是火吗？"小贩笑出了声："这是电灯呀！"

"我要的不是这个。我想要像太阳一样的，无法直视的光明。"

对待这种奇怪的要求，小贩有的是办法。

"买这张地图就行！你离开中心区，往西走有一片森林。那森林深处，有
个地方叫作神厦。那里以前住着很多怪人，你要太阳要月亮，买神卖鬼都
不稀奇。"

怪人怪事！他想，不过在朝露，见得多了！

小贩还时常在回家路上碰见一个幽灵似的人。

"又是你，那个邮筒早就废弃了，别往里投啦！"

"我知道。不用你管！"

"你这人真是不知好歹。喂，能帮我把地上的酒瓶捡过来吗？"

"你怎么捡垃圾还得意扬扬的。"

"捡了垃圾，变成新东西，就可以再拿去卖。你懂什么呀！这叫变废为宝。"

"我能变出人们最需要的东西。你也想做点生意吗？教你一点也无妨。人们喜欢扔什么，就更想要什么。重新组织垃圾，改头换面——样子不同，实际没有什么差别！然后再卖给他们……他们再丢掉……再卖……再丢……"

"奸商啊。"

"别这样说嘛，我是个好人哦。"

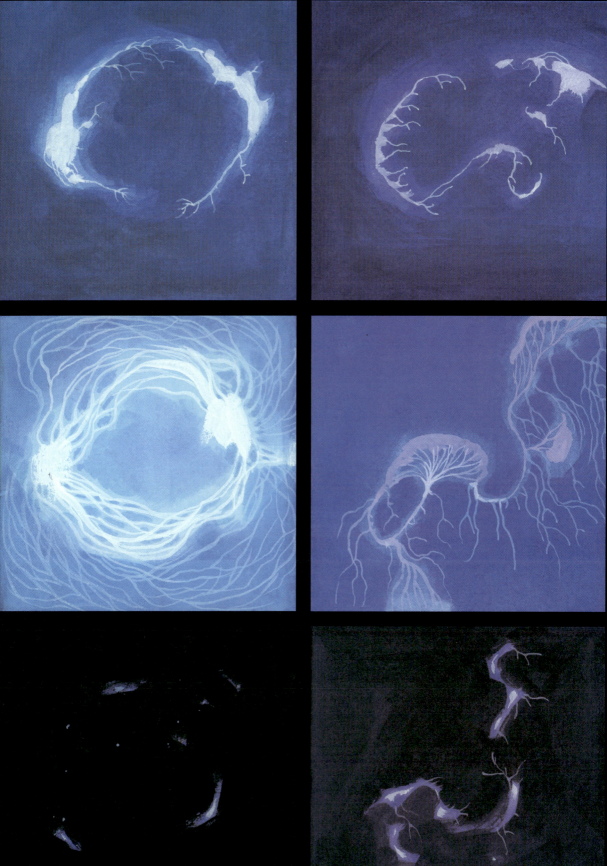

阿玲：

第二步没有成功。所有合成的鬼晶都在一定阶段便坍塌萎缩，而且再也不能重复利用了。

唉，难道无迹可寻吗？

阿玲呀，我们分别了十年。可分别越久，我越不敢，也不知如何与你相见。你不相信彼岸，也不相信我……但那时候不是这样的呀，我以为我们也曾互相信任过。

人们总能轻易地为他人编造幻想，又为何不能将这种能力带进彼岸世界呢？是我做错了吗？可我才不是为了帮那些说"帮我画点他生前没经历过的事"的人。我在乎的事很自私……如果能让人在彼岸世界拥有不可知的、鲜活的未来，那不就是完满的生命吗？人活着的时候就不再会有那么多遗憾。

太多遗憾……思来想去，就是因为那几个人，就是从那天开始的……不应该为他们引路。可他们不来，也会有其他人来，不断入侵我们的边界，拆毁我们的堡垒。我的手指没有力气，仅够握住画笔——彼岸啊，完美的领地……你也应该去！你和我是一样的呀，有什么不一样呢？

藏衣

"另外，我也有些好奇你的生意。"

"那就来得正好，帮我干活吧！"

"连无形的东西都可以改变！可惜在现阶段没什么用处。"

"那这个呢，能变成什么样？"

机器产生了巨大的异响。小贩又是调旋钮，又是拍打，终于才让鬼晶从废料口出来。"别乱来啊，可别以为我不认识这个。鬼晶是无主的记忆，它的存在没有任何意义了。"

"不，鬼晶离真正的记忆没有那么远。只是缺少一个关键的方法。"

"旧的东西被拆散成元素，通过旋钮调节设置，把它们以我需要的方式连接起来……记忆又怎能被如此操纵呢？"

"你不如跟我学学造些实用的东西。等下次来，我教你怎么造那贵的、最好的——"

小贩带来了前所未有的珍品，人们议论纷纷。

"这是金顶月呀！"有人惊呼。

"金顶月是珍贵的木材，原本是朝露的名产。它永不腐坏，作为容器可无尽保鲜，盖的房子能让居住者青春永驻。只是，早在几十年前，朝露的金顶月就已经被砍光了。"

人们刚准备抢购，却听到反对的声音。

"他卖的是假货！买的时候好好的，拿回去没多久就都碎成渣了。"

"我也是！""我们也是！"

"我们买的也都坏了！"

"这些东西表面上看起来像新的好的，实际上不知道是用什么粉末粘起来
的。这些金顶月肯定也是假的，现在哪儿还有这样珍贵的材料？就算有，
又岂能轮得到我们？"

"叔叔，上次谢谢你帮我们。你卖的东西不是假的，对吗？"

"这些的确不是什么金顶月。朝露哪里还有真正的金顶月呢？或许还有一些，但肯定都卖到遥海那样的地方去了。"

"我听说过遥海！那儿处处都是欢笑，还有水晶的围墙……"

"或许吧。"

"叔叔，你的家乡在哪儿？"

"啊？我对老家没什么印象，而且，我少年时就来了朝露。"

"很远吗？是坐车来的吗？"

"没错。朝露有一个小小的火车站，名叫'千通'，几乎只有货车往来。"

他们很快就把东西都收拾好了。

"那受伤的小女孩呢？她没事吧？"

"医生说她没事的！"

野人在学校里过得相当平静。人们已经习惯他的模样，不再带着异样的目光，偶尔还会送点工具和食物给他。

有一次，阿玲看见野人正在地上涂抹一些图案。

虽然看不懂，但阿玲猜想，他恐怕是从非常遥远的地方来的。

斯民也常常来找野人玩。野人总在忙碌，不断地修缮小草屋——那小屋基本搭成了，坐在里面又凉快又安静。

斯民想，他就算学不会讲话，我也应该跟他做朋友，他在这儿还没有朋友呢。又想，可这样也太普通了。话可以不说，连宝物也没有吗？

"野人啊，你那项链是不是个好宝贝？"

"小气鬼！那还是我从警卫手里给你要回来的呢！"

"我在爷爷的笔记上看到过——世上有一种神的化石，到处都是它的传说，却没人见过它的样子，也没人能证实它是真的。你是探险家，肯定知道点什么。"

"你觉得我怎么样？收我为徒怎么样？"

"斯民！"

"怎么还不回家？又在外面瞎玩，欺负流浪汉，是不是？"

"我没有！我还帮他搭房子了呢。"

"那更不行！"

"我以后也要当探险家，无论是什么，只要它真的存在，我就一定会找到。"

"你以后不当流浪汉就够好了。好好学习，少管其他的。"

"好久不见啊，海连叔叔。"

"你们终于开始更深一层的探索了吗？"

"是的。之后，我过来找您的时间也许会间隔更久。"

"唉。石绵，我对不起大家。我们早该放弃……"

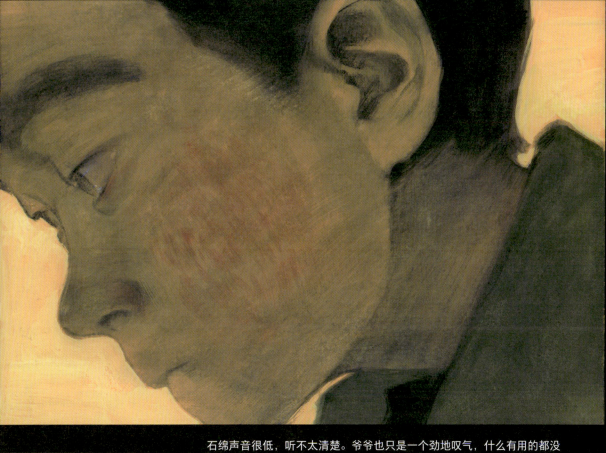

石绵声音很低，听不太清楚。爷爷也只是一个劲地叹气，什么有用的都没

说。石绵很快就走了。

地狱的结构越来越不稳定，上层随时都有坍塌的风险。石绵决定将营地转
移到更深处。

这天的例行问话之后，她略微有些焦躁。

215

"地狱撑不了多久了，我们要在这儿找到一件东西。"

"但那件东西我也从未见过，更难以描述。不过我们还是得去找，为了你们能回想起所有事情，最终获得自由。而我也能得到解脱。"

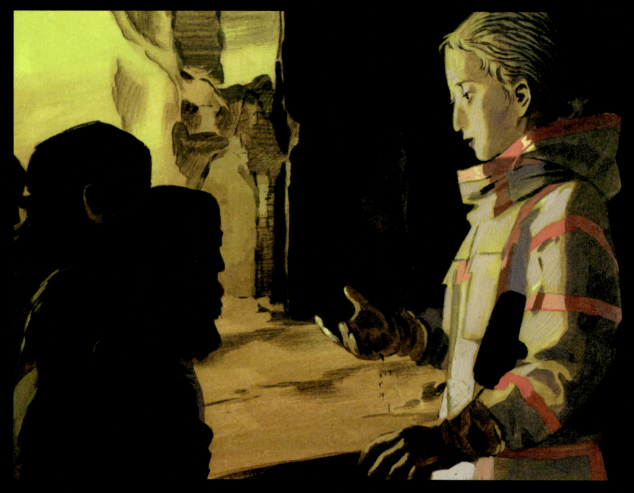

"我们应该回想起什么事情呢？"

人们散去了。只有一个人有些例外，他反复想着，似乎想起了什么似的。

虽然并不具体，但他忽然有一种感觉——的确有应该想起来的事，甚至有
必须想起来的人！

一直走到夜里，她才在森林里遇到一个人。

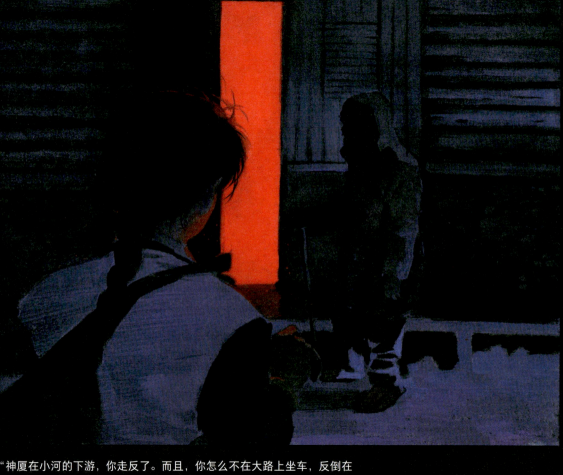

"神厦在小河的下游，你走反了。而且，你怎么不在大路上坐车，反倒在

森林的旧道里走？这样就远多了。你可以在我这儿歇歇脚，天亮再说。"

"他说他在一个暗的地方，需要光，需要强烈的光。"

"我从那时开始设想，最终下定决心，要做一轮太阳去解救他。"

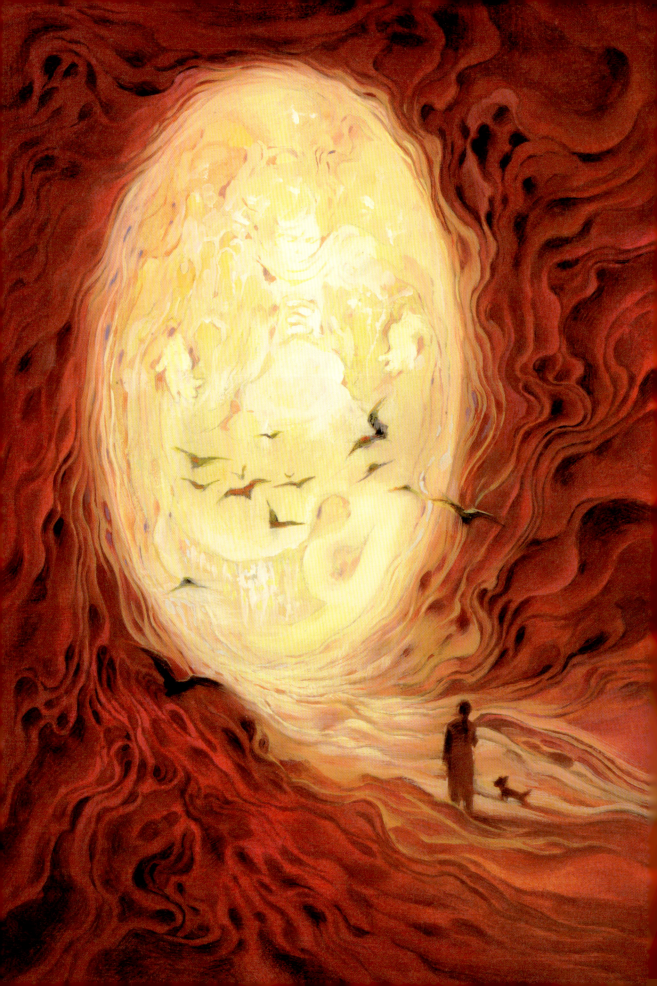

"我已有了太阳的形象。接下来，需要一种能够发出剧烈光明的东西填进去。"

"你这乡下姑娘，在说些什么呀！你不能全凭想象，没有依据。"

"即便如此，神厦又能有什么光明呢？那是个破败、失落的地方……"

04

....

冒险者

阿玲：

终于明白了！阿玲，我本不该这样激动。

但我有了重大的发现——鬼晶的颗粒里，竟然存在着三种完全不同的个体：事物、情节、情绪。它们的概念完整有序，形象也清晰可辨，我原来竟盲目地认为它们混沌一团。接着，我将这三种不同类型的东西分离出来，重新组合……巧妙的是，我发现看似依赖事物和情节的情绪才是一切的关键。你想想，单个的音符因为连接而产生色彩，孤独的人因为连接而拥有感情。阿玲啊，当我们能体会"连接"的奥秘之时，所有事物都不再只是它们自己——它们的存在不过是为了展示这种连接！我禁不住想……我和你，如果有一个全新的连接，那么我和你的一切都会改变。这样的连接可以通过我的手塑造，通过我的口诉说吗？如果能，我便要将它塑造得永远美丽、永远亲密。而你可以躲在那儿！你不必再轻轻走路，每一步都可以踏出声响！

希望已经快步走在来路上了呀……你能听见吗？我常常叫别人选出他们生命中重要的一刻，而我呢？我的这一刻是什么？我彻夜未眠地想，想到的却是所有难堪的时刻。你友好的告别和祝福，却变成了我的噩梦。我要放弃这些时刻！我想造一个全新的、重来的时刻……无论如何，下一步该是实验了。

藏衣

近来总有人在河岸边烧埋鬼晶，藏衣十分气恼，前去质问。

"藏衣，让鬼晶自然地消逝吧。你应该走出你的小房间，到外面的世界来
看看。别再沉浸在幻想里，没有什么会变得不一样。"

"仓鸮叔叔，你抛下你该做的事，就想来劝我也抛下……"

"现在神厦里除了你，还有别人吗？阿玲没有回来吗？"

"这跟你有什么关系？仓鸮叔叔，你还记得你托我照看的东西吗？你还记
得你为什么来到神厦吗？你忘了。而我对打定主意要做的事是不会忘的，
我会去做，直到完成。除此之外，我什么都没有了。"

"不是你说的那样。不要对老年人如此苛责。"

阿玲：

或许真的要放弃，或许我真是错的。我该怎么办呢？完美的外形、准确的连接都没有用，新造的记忆和旧记忆仿佛互不关联。我费尽了心思，所有实验都失败了。怎样才能建造一个完整的世界，把虚构和曾经的现实真正地相连呢？就好像我在回忆里重新编织你我的故事那样自然而然。意识做不到无意识的事。我累了、我累了！我不再想看到它们，我不再想一个一个地、疲惫地捏塑幻想——可笑的绘画，它欺骗了我，它恨我。我感到那些希望在离我远去，就好像你也在离我远去一样。

藏衣

"你们医院管这叫没事？医生在哪里？"

"你当时怎么不说清楚？我怎么知道你摔在脸上？谁打的电话？放学到底干什么去了，为什么不赶紧回来？"

"爱真啊，你想想，如果不离开朝露，我们就要永远这样丧气。你必须这就跟我走；不仅要离开朝露，还要断绝与这儿的人来往！愚蠢、懦弱、冷漠……"

母亲的怒火又瞬间转化成怜爱。"事情已经变成这样了，好孩子，等会儿我们找最好的医生，把这个伤口割开，用最细的线，重新缝好，缝漂亮。"

"不，妈妈……不要，我怕痛……"

"没出息！能有多痛呢？有大半辈子都受委屈那样痛吗？"

爱真已经好几天都没来上学了。小枝看了看她的课桌，她的东西也都被清

干净了。

"小枝！我正等着与你告别……"

"你会来遥海看我的吧？那要坐上洁白的船，穿过透明的、无瑕的海。"

"可惜我们的歌还没排练好，原本是要一起演奏，一起唱的。"

"我多么、多么期待呀……"

这是斯民第一次感觉到恐惧。他想要逃走，后退了几步，却被一块毛毯似的东西绊倒了。

等他看清楚那块毛毯上的痕迹，更是毛骨悚然。

"雷婆吃人！雷婆真的吃小孩呀！"

"斯民，你应该懂事。有什么问题，你应该提出来。"

"有的事情不用问你，我自己知道。有的事情问了你，你也不会告诉我。"

"我只是希望你能好好长大，有幸福的未来，等你长大了，就会感谢我的。"

"又是这一套！幸福、幸福是什么东西？"
"幸福就是要关注实际，珍惜时光。不要最后变得像我这样……"

"幸福就是欺骗，追求幸福就是背叛真正的不幸！
我不要幸福！我恨幸福！"

"爷爷就知道说这些，什么为我好啊、将来啊、幸福生活啊。他像一个活的小学课本。"

"野人啊，你也是个孤儿吗？你也是因为无处可去，于是在外流浪吗？"

"'我的家乡是个美丽的小国……'呸，美丽个屁，人人都不快活，人人都有难言之隐。可我不想远远跑开，也不要捂住眼睛和鼻孔。野人啊，这世界还不如你的小草屋。"

"除非能追溯到一切的源头，才能彻底改变规则！到了那时候，人间的恶意烟消云散，人们不再猜疑，不再迷失。所有的谜团都解开了，那谜底的尽头就是我的家，我会在那儿睡一大觉。"

"为了这一切，我必须要探险。"

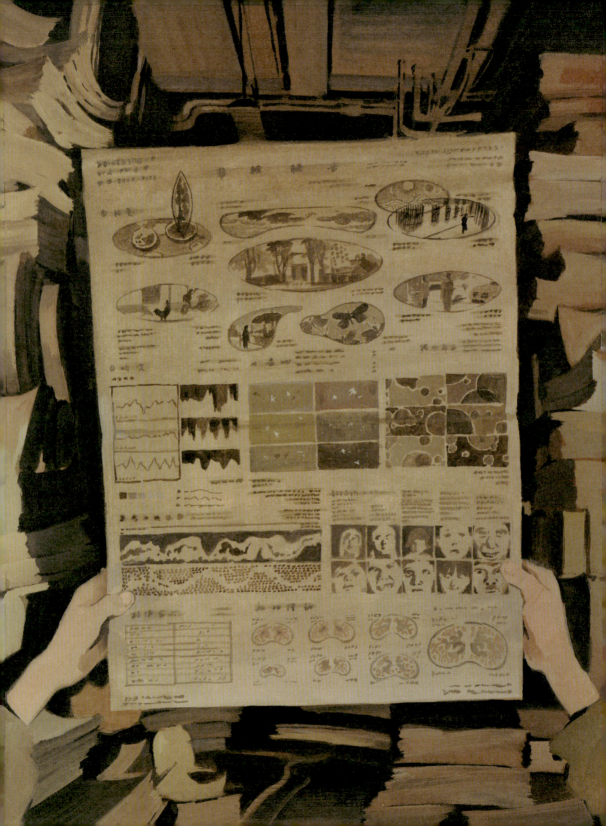

"怎么样？到处都有秘密，等着我们寻找呢。那里面也许写着我出生的地方、

化石的遗留处、无尽的财宝……"

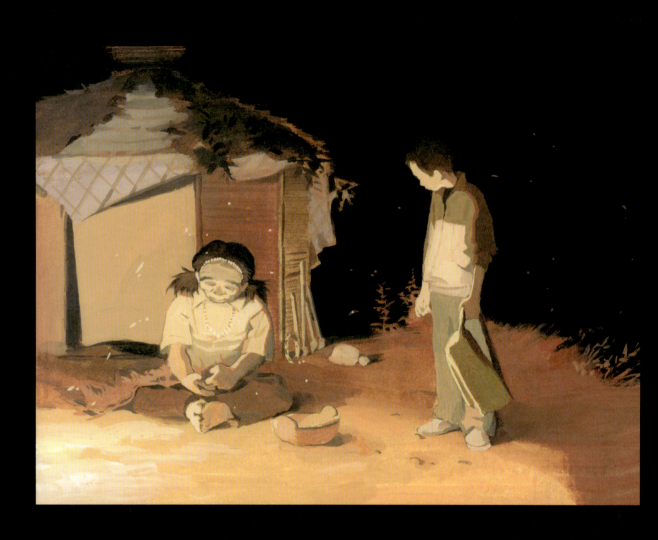

05

再现

工地的一端传来奇怪的喧闹声，好像出什么事了。

似乎是有人摔了下来。彩袖团的人也都赶来处理。等工人们陆续到了，事
故几乎已经不见痕迹。

"现在暂时停工。但是大家不能走，必须紧急清理，修复安全设施。"

"总该告诉我们是怎么出的事儿吧！"

不停工，不是要把这座高塔建起来，而是在表演——表演朝露仍

在建设，一片繁荣。"

"你这人唯唯诺诺的，跟你说没用！我年轻的时候，原本有机会

"真是那样吗……"

"你爸爸每天都来接你吗？"

"下雨的话他就会来。"

又等了很久，小枝连作业都写完了。

"阿玲老师，朝露有一个火车站吗？"

"有啊，我就是坐火车到朝露来的。"

"是叫千通吗？"

"不，那个站叫瓶口。"

"火车可以去很远的地方吗？可以去遥海吗？"

"当然！那个小站人来人往，很方便，很热闹。"

"我能去吗？我也想去很多地方。"

"等你长大了就能去任何地方。"

"老师，你有好朋友吗？小时候的好朋友，如果长大了以后再见，你还会

认得出来吗？"

当然还能认出来，但那又如何呢。我已经受够了非凡的事物，只愿投入一个安宁的、真实可触的生活。回忆确实迷人，但若想让它不变质，那就别去触碰它、改造它。

小枝最终还是独自回了家。昨天的剩菜不好吃，电视节目也没意思。

她忽然想看看妈妈，却怎么也找不到那张合影了。

我在干什么呢？我所做的事情，真的有必要去做吗？世界是完美的，我的失败也是它完美的一部分。

彼岸存在吗？我不能肯定。但正因为彼岸有可能不存在，我不得不拿起画笔去证明——

那些从未得知、从未发生的、无法被理解和转述的孤独、理想和妄想，隐秘的聚合与消散……

我想证明它们并非转瞬即逝，反而坚固，反而永恒。

藏衣胡思乱想，总是半睡半醒。很长的一段时间，他都没有再进入彼岸绘画的暗室。他不曾想象，鬼晶在那儿发生了剧变——

阿玲：

……应当重拾信心。鬼晶在获得连接之后产生了与生命相类的状态，漫长的时日里，它们悄然改变：强的驱赶了弱的，新的代替了旧的；那些勇猛而矫健的，吞噬了残缺和木讷的。记忆啊，灵魂啊，这些被人常常轻而易举拾得、高谈阔论说出的东西，人们却从不知晓它从何而来，为何是现在的模样。而我手中这脆弱的透明晶块，是如此简洁、单纯、生性残忍，因而坚不可摧。阿玲，我和你之间，也只是这样简单的构造，是我将它弄得太复杂。现在想想，连接固然重要，但不能太过急切——要给它们时间，它们就会如同我们筛选记忆那样，筛选出最珍贵的、最牢靠的。

我不能懈怠，也不能浪费这些完成了一半的鬼晶。我猜想，如果选出那些最有侵略性的、最勇武的活体，让它们肆意生长，以获生命之贪婪，它们便会开始吞噬原本的记忆，以滋养自身成熟。没错！新记忆是掠夺者！若不牺牲过去，就无法获得未来；新旧誓不共存。我愿牺牲！我也愿意献出所有，去砸碎那些陈旧的美，以塑造全新的美。

阿玲，你在想什么呢……你会高兴的吧？

藏衣

新年将至，联欢会也终于要开始了，孩子们都去登记准备好的节目。

"我们怎么办？爱真扔下我们就走啦。"
小枝轻轻哼唱，才发觉那首歌曲早已熟记心中。

"哎！我们叫野人来一起演怎么样？我去教他！"

那是略显漫长的平日，很多瞬间都像曾发生过。

我的家乡

每个人的家乡都独一无二。我的房间很小，里面的每一件东西我都熟悉，它就是我的家乡。爸爸说，他在边境修一座高塔，高塔十分高大，将来能望见它的地方就是他的家乡。我的好朋友去了远方，我们合唱的旋律是她的家乡。相片是家乡，秘密也是家乡。醒来的时候觉得睡着了是家乡；今天的我们觉得昨天是家乡……

等我长大了，现在的我会成为
未来的我的家乡。

那些早已不在却没忘掉的东西是家乡，已经忘了但没丢掉
的东西也是家乡。那多变的将那自以为不变的认作家乡，
为了关联起周围的一切：一切如此相似，一切如此不同。

第一卷　完

明室
Lucida

照亮阅读的人

主　　编　陈希颖

副 主 编　赵　磊

策划编辑　陈希颖　孙皖豫

特约编辑　柯德莉

营销编辑　崔晓敏　张晓恒　刘鼎钰

设计总监　山　川

装帧设计　之　淇

责任印制　耿云龙

内文制作　丝　工　之　淇

版权咨询、商务合作：contact@lucidabooks.com

上海光之室文化传播有限公司　　　　　　　　　　Shanghai Lucidabooks Co., Ltd.

图书在版编目（CIP）数据

万岁·家园 / 昔酒著绘 . -- 北京：北京联合出版
公司 , 2025. 7. -- ISBN 978-7-5596-8432-5

Ⅰ . I247.5

中国国家版本馆 CIP 数据核字第 2025DB8595 号

万岁·家园

作 者：	昔 酒
出 品 人：	赵红仕
策划机构：	明 室
策划编辑：	陈希颖 孙皖豫
责任编辑：	龚 将
特约编辑：	柯德莉
装帧设计：	之 淇

北京联合出版公司出版
（北京市西城区德外大街 83 号楼 9 层 100088）
北京联合天畅文化传播公司发行
北京启航东方印刷有限公司印刷 新华书店经销
字数 20 千字 787 毫米 ×1092 毫米 1/16 21.25 印张
2025 年 7 月第 1 版 2025 年 7 月第 1 次印刷
ISBN 978-7-5596-8432-5
定价：158.00 元